Je te donne

Philippe Claudel
Valentin Musso
Romain Sardou

Je te donne

Trois nouvelles inédites

présentées par Agnès Ledig

Librio

Inédit

Cet ouvrage a été réalisé en partenariat
avec l'Établissement français du sang.

Sommaire

Présentation

par Agnès Ledig

La transfusion est une pratique médicale à la fois ancienne, pour nous contemporains qui l'avons toujours connue, et récente, à l'échelle de l'histoire de l'humanité. Récente et en progression constante. Pourtant, quelles que soient les avancées scientifiques, à l'heure actuelle, toutes les vies sauvées par des transfusions de globules rouges, de plasma, de plaquettes, ou par des médicaments, le sont grâce à la générosité des donneurs. Rappelons que les situations nécessitant des produits dérivés du sang sont diverses et nombreuses. On pense en premier lieu aux accidents, mais les femmes enceintes, les personnes âgées et les patients atteints de certaines maladies chroniques représentent une part bien plus importante des besoins.

Cet élan de générosité entre humains est toujours aussi vital, en ces temps de crise sanitaire où ce satané coronavirus nous isole les uns des autres. L'Établissement français du sang, dont les protocoles de prélèvements ont été adaptés pour respecter toujours aussi rigoureusement la sécurité de tous, a plus que jamais besoin de nouveaux donneurs.

Or, l'acte de donner son sang repose souvent sur un déclic. Un être cher malade ou accidenté, une rencontre décisive, une prise de conscience soudaine… Ce déclic n'a pas toujours sa place au milieu d'une vie trépidante où les journées s'enchaînent sans répit. Pourtant, nombre de malades espèrent ce répit.

Romain Sardou revient sur l'histoire de la transfusion, tandis que Valentin Musso et Philippe Claudel nous racontent pourquoi, un jour, on décide de franchir les portes d'une collecte. À travers leurs nouvelles, ces trois auteurs participent à l'élan de générosité et, en tant qu'ambassadonneuse, je les en remercie du fond du cœur.

J'espère que la lecture de cet ouvrage sera votre déclic à vous, pour franchir le pas et sauver quelques vies, grâce à celle qui coule dans vos veines.

Agnès Ledig

Oncle Maurice

Philippe Claudel
de l'Académie Goncourt

Nous sommes en 1935. C'est l'été. Une fin d'après-midi de grande chaleur. À la maison, il n'y a pas encore l'eau courante. On envoie l'oncle Maurice chercher de l'eau fraîche à la fontaine pour le repas du soir. Deux bouteilles en verre. Ma grand-mère lui dit d'y aller à pied, et non à bicyclette. Ainsi, il ne risquera pas de tomber, de casser les bouteilles et, pire encore, de se blesser. Il dit oui et part en riant. C'est un gamin. Un gamin de treize ans. La fontaine n'est pas loin, près d'un des lavoirs au centre du bourg, le long d'une grande ferme. Il en a pour une dizaine de minutes. Mais un quart d'heure plus tard l'oncle Maurice n'est toujours pas revenu. Il fait encore plus chaud. Ma grand-mère s'inquiète et sort dans la rue. Elle aperçoit alors un petit groupe qui se dirige vers elle. Les visages sont graves et quand ceux qui marchent en tête s'écartent un peu, elle voit quatre hommes qui portent quelque chose, pas un brancard, mais une porte, une porte qu'on a dégondée et sur laquelle repose un petit corps : celui de l'oncle Maurice. Elle se précipite vers eux. Vers lui. Il est encore conscient. Il regarde sa mère, lui demande pardon d'avoir désobéi. De s'être rendu à la fontaine à vélo, d'avoir chuté au retour avec les bouteilles. Les bouteilles se sont cassées. Certains éclats de verre sont entrés dans son corps. Pardon. Pardon pour les bouteilles ma petite maman. Il ferme les yeux et s'évanouit. Il a déjà perdu beaucoup de sang. On le transporte dans le lit de ma grand-mère et de mon grand-père. Il saigne toujours. Il garde les yeux fermés. Le médecin qu'on a appelé finit par arriver. Il ausculte l'oncle Maurice. Il est désolé mais il ne peut rien faire. Il n'y a rien à faire. Les blessures sont trop profondes. Ça ne sert à rien de le transporter ailleurs. L'hôpital est loin. On y arriverait trop tard. Il va falloir être courageuse. Ma grand-mère l'est. Elle connaît la mort. Elle a déjà perdu une petite fille, deux ans plus tôt. Elle pleure. Elle veille l'oncle Maurice, éponge ses blessures qui ne cessent de saigner, rince les linges dans une bassine. Le médecin est reparti. Des voisines et des voisins, silencieux, viennent la soutenir. Mon grand-père revient du travail. Il apprend l'accident. Il reste debout près du lit où son fils agonise. Il ne peut rien faire. Il pleure. Le couple a trois filles, Paulette, Jeanine, et Lucienne, ma mère. Elles sont petites. Elles ne comprennent pas ce qui se passe. Elles aiment ce va-et-vient dans la maison. Tous ces gens qui entrent et sortent. C'est inhabituel. C'est comme une fête. Elles se cachent. On les oublie. Elles rient. C'est un jeu. Peu avant l'aube, l'oncle Maurice meurt. Vidé de tout son sang. L'oncle Maurice ne sera jamais oncle. Voilà. C'est fini. On l'enterre avec la petite sœur. Dans un carré du cimetière prévu pour les enfants. Des croix blanches, sans nom. Une tombe sans nom. Bien des années plus tard, on relèvera ce qui reste de leurs corps pour les transférer dans une vraie tombe, celle qui accueillera leurs parents, mais leur nom n'y apparaîtra pas davantage. La petite sœur morte d'une pneumonie et l'oncle Maurice survivront dans les récits repris maintes et maintes fois lors de repas de famille, au travers de quelques objets aussi, un petit bonnet de dentelle et une robe de baptême pour la petite sœur, une valise contenant des cahiers d'écolier et des dessins pour Maurice.

Lorsque j'étais enfant, j'ai entendu je ne sais combien de fois l'histoire de la mort de l'oncle Maurice, telle que je viens de la transcrire. Le récit ne variait jamais. Au fil du temps, il s'était dépouillé de tout ornement, de toute variante, pour aboutir à une chronologie implacable que ma grand-mère, mes tantes, ma mère ressassaient. Cet enfant mort près de trente ans avant ma naissance était mon oncle sans l'être. Une sorte d'oncle d'un devenir jamais réalisé. Chacune des femmes qui m'en parlaient insistait sur sa douceur, ses sourires, sa gentillesse et son intelligence. Maurice était devenu un être idéal, dont la mort était imputable à sa désobéissance et à son imprudence, mais surtout à la condition économique de ma famille : ma grand-mère était lavandière, et mon grand-père ouvrier d'usine. C'est cela qui avait motivé la décision du médecin de ne rien tenter pour le sauver. Mes grands-parents ne connaissaient sans doute pas l'existence et la possibilité des transfusions sanguines, et de toute façon ils n'auraient pas eu les moyens de régler les frais d'ambulance et d'hôpital. Le médecin avait dû faire ce diagnostic en plus de l'autre.

Je ne sais rien de la vérité. Certes, l'accident a bien eu lieu, et Maurice en est mort. Mais qu'en est-il vraiment de l'intervention du médecin, de sa décision de ne rien tenter ? Quelle a été sa motivation ? L'état désespéré du blessé, ou les considérations économiques qu'on n'a cessé de me présenter ? Il m'a fallu me contenter du récit familial, et vivre avec le fantôme de Maurice, tour à tour souriant sur son vélo par ce beau jour d'été, pédalant vers la fontaine, dans ces rues que je connais bien, dans lesquelles j'ai moi-même pédalé jadis et que j'emprunte encore aujourd'hui. Maurice se rafraîchissant la nuque sous le jet frais de la fontaine, avant de remplir ses bouteilles, d'en prendre une sous l'épaule, l'autre à la main gauche, s'élançant de nouveau sur son vélo et ne le tenant plus que de la seule main droite. Allant en sifflotant et en zigzaguant. Jusqu'à la chute. La douleur. La peur. D'avoir désobéi. De causer du souci. Du chagrin. Les gens autour de lui. Les visages qui se veulent rassurants mais qui sont bien graves. Enfin celui de sa mère. Qui est là. Qui se penche sur lui. Pardon. Pardon pour les bouteilles ma petite maman. Pardon. Sa mère qui met sa main sur son front et se mord les lèvres. Et puis plus rien. La vie qui part petit à petit, en minces filets rouges, des heures durant, dans le lit aux draps blancs.

Nos vies sont composées de moments et de mémoires. Les êtres que nous avons connus leur donnent leur chair et leur voix, mais les fantômes de ceux qui sont morts bien avant notre naissance peuvent aussi les doter d'une matière dense, aussi dure que l'ivoire, aussi précieuse qu'elle. L'histoire de mon oncle Maurice est faite de sang, de sourires, de jeunesse et de larmes. C'est l'histoire d'un enfant mort d'un accident commun. C'est une histoire banale où le sang, dont García Lorca disait qu'il ne devrait jamais voir le jour, surgit soudain de plaies ouvertes dans une chair tendre, et obscurcit le soleil d'un beau soir d'été.

C'est mon histoire aussi. Quand j'étais enfant et que je prenais mon vélo, je voyais dans les yeux de ma mère passer une ombre. Lorsque je buvais au bec de la fontaine où l'oncle Maurice avait rempli les deux bouteilles, je sentais sur ma nuque une haleine fraîche et triste. Lorsque j'allais dans les rues en pédalant et que je lâchais le guidon des deux mains, il me semblait que quelqu'un, quelque part, s'apprêtait soudain à me réprimander.

Quand mes parents sont morts, bien des années plus tard, à un âge avancé, et qu'il a fallu débarrasser ma maison d'enfance avant de la vendre, j'ai retrouvé dans le grenier une petite valise en osier. Y était conservé tout ce qui avait appartenu à Maurice : quelques livres d'école, des cahiers d'écriture, des dessins, des rédactions. Il avait une écriture délicate et soignée, mais n'était-ce pas le cas pour tous les enfants alors, et son trait de crayon dans le dessin était assuré. Il savait aussi tourner les phrases et ses rédactions étaient charmantes. Ces vestiges d'un enfant mort il y avait plus de soixante-dix ans ne faisaient naître aucune tristesse, simplement une émotion, douce et souriante. L'oncle Maurice n'avait jamais été oncle, mais il l'était tout de même devenu. J'avais eu pour oncle un enfant de treize ans à jamais enfant et, depuis bien longtemps déjà, j'étais devenu plus vieux que lui. Je me souviens avoir pendant longtemps éprouvé une profonde colère en songeant qu'il aurait pu être sauvé peut-être, mais qu'il ne l'avait pas été. Pendant des années, j'ai adhéré sans distance au récit familial et me suis enivré du tragique de la belle soirée d'été se changeant en cauchemar. J'ai détesté le médecin. J'ai maudit Dieu, les puissants, le destin.

Ce n'est plus le cas. Sans doute parce que depuis longtemps je n'habite plus le monde qui a été celui de Maurice. Parce que les transfusions sanguines sont devenues banales. Parce que les dons de sang sont des actes quotidiens. Parce que grâce à cela un accident peut n'avoir que des conséquences bénignes, et qu'ainsi, aujourd'hui, nombre de petits Maurices imprudents ne deviendront plus des fantômes éternels mais des oncles véritables.

La Fille sur l'esplanade

Valentin Musso

Le soleil était haut dans le ciel. Une chaleur étouffante pesait sur l'esplanade. En cette première semaine du mois d'août, le thermomètre avait grimpé en flèche et flirtait avec les trente et un degrés. Cette année encore, on n'échapperait pas à la canicule.

Aveuglé par la lumière du soleil qui se reflétait sur les dalles blanches, Arthur, dix-neuf ans, enfila sa paire de Ray-Ban. Quelques enfants en short, la plupart torse nu, couraient et hurlaient en se poursuivant au milieu des jets d'eau au centre de la grande place. L'espace d'une seconde, Arthur rêva d'avoir dix ans de moins pour pouvoir se mêler à eux et s'asperger d'eau.

Il leva les yeux au ciel. Des nuages s'amoncelaient au-dessus des montagnes, du côté du Lys. Un orage finirait par crever d'ici la fin de la journée et ramènerait sans doute de la fraîcheur.

Voilà plus de quinze ans qu'Arthur venait en vacances dans ce village des Hautes-Pyrénées avec ses parents et son petit frère. Ils y possédaient un appartement en duplex au pied des télécabines. Ils venaient en général y passer une semaine l'hiver pour skier, une ou deux semaines en été pour faire quelques balades et le mettaient en location saisonnière le reste du temps.

Cette année, Arthur était particulièrement heureux d'être là. Ado, il n'avait rêvé que de partir en vacances avec des copains, sans sa famille sur le dos. Mais depuis qu'il vivait toute l'année à Paris dans sa minuscule chambre de bonne, ces escapades familiales en montagne lui apportaient une bouffée d'oxygène dont il avait besoin.

Désœuvré et alangui par la chaleur, il longea la façade du Casino qui était fermé depuis une décennie et n'abritait plus à l'étage qu'un cinéma diffusant l'été des comédies grand public. Sur la rambarde, devant les fenêtres cintrées, avait été installée une grande banderole : « Don du sang – vendredi 2 août ». Un peu plus loin sur la place stationnait un camion blanc orné du logo de l'Établissement français du sang.

Arthur jeta un coup d'œil à travers les fenêtres. L'équipe de l'EFS s'installait à chaque fois au rez-de-chaussée du Casino, dans une immense salle Belle Époque qui avait accueilli naguère un restaurant où il lui était arrivé de dîner avec sa famille. Il entraperçut les lits de prélèvement, deux ou trois paravents bleus, une grande table couverte de boissons et de plateaux-repas. Quand il vit une femme en blouse blanche apparaître à l'entrée du bâtiment, il décolla son nez de la vitre et s'empressa de s'éloigner par peur d'être abordé.

Chaque été, il voyait le camion et la banderole, peu ou prou à la même date. Jusqu'à ses dix-huit ans, la question ne s'était pas posée, mais l'année précédente, en passant devant le Casino, il avait hésité à entrer. Et puis, sans qu'il sache trop pourquoi, il n'avait pas franchi le pas. Peut-être était-il pendu au téléphone ou avait-il été tenté de rejoindre son frère, qui hantait la salle des jeux vidéo à l'autre bout de l'esplanade. Oh, rien d'important, mais… On arrive toujours à se trouver de bonnes excuses.

Arthur déambula au milieu des vacanciers, passa deux fois devant le camion blanc et revint s'attarder près des escaliers du Casino.

— Tu hésites ?

Il se retourna brusquement. Devant lui se tenait une fille – cheveux tirés en chignon, lunettes de soleil vintage au bout du nez et robe légère à fleurs. Il aurait eu du mal à lui donner un âge précis, plus ou moins le même que le sien. Un peu plus jeune peut-être…

— Pardon ? demanda-t-il, surpris.

Elle remonta ses lunettes sur ses cheveux, découvrant des yeux bleu-vert absolument charmants. Et, bien que charmé, Arthur ne put s'empêcher de lui trouver un air étrange. Il était évident que cette fille était plus jeune que lui, mais son visage était marqué, comme chez ces personnes qui semblent avoir vécu deux vies en une.

— Je te regarde depuis tout à l'heure. Tu fais les cent pas en fixant la banderole. Tu hésites à donner ton sang ?

— Ah, ça ? Non, pas vraiment. Je… je…

Ressaisis-toi, bon sang. Tu es ridicule !

Son bafouillage comique suscita chez la jeune fille un sourire amusé.

— Désolée, je ne sais pas de quoi je me mêle, mais j'aime bien observer les gens. C'est une seconde nature chez moi, tout autant qu'un gros défaut. Je te voyais traîner devant le Casino, alors…

Arthur baissa les yeux. Même s'il était plutôt beau garçon – enfin, c'est ce que sa mère n'arrêtait pas de claironner sur tous les toits –, il n'avait pas vraiment l'habitude d'être accosté par des filles, surtout aussi mignonnes que celle-là. Est-ce qu'elle était en train de le draguer ? Cette histoire de don du sang n'était-elle qu'un prétexte quelconque pour entamer la conversation ?

Redescends un peu sur terre ! Qu'est-ce que tu vas imaginer ? Cette fille est peut-être tout simplement sociable, contrairement à toi. Ou alors elle s'emmerde comme un rat mort dans ce village et cherche à passer le temps...

— Pour être honnête, c'est vrai, j'hésitais un peu, concéda-t-il pour ne pas rester muet.

— Au fait, je m'appelle Lou.

— Ah, enchanté. Moi, c'est Arthur.

« Enchanté » ? Quel mec de son âge était assez débile pour sortir une expression aussi relou à une fille ? Qu'est-ce qu'il allait lui faire maintenant ? un baisemain ?

— Je n'ai jamais donné mon sang. J'aurais pu l'an dernier, mais... je ne sais pas, j'ai laissé passer le jour où le camion était là.

Elle lui adressa à nouveau un sourire.

— Tu n'as pas à te justifier. Je ne voulais pas te faire culpabiliser. Quel âge tu as ?

— Dix-neuf... enfin bientôt vingt.

Il s'attendait à ce qu'elle lui donne son âge en retour mais elle continua :

— De toute façon, il ne faut pas faire ce genre de chose parce qu'on se sent coupable. Tu ne trouves pas qu'on agit trop souvent dans la vie pour de mauvaises raisons ?

— Peut-être...

— Quand est-ce qu'on fait vraiment les choses parce qu'on a envie de les faire, sans se sentir obligé ? On passe toute son enfance à avoir de bonnes notes pour faire plaisir à ses parents, on choisit un métier pour ne pas les décevoir… et après, quoi ? Les années passent, et on se retrouve à quarante piges en ayant l'impression d'avoir raté sa vie.

La jeune fille se mordit les lèvres, comme si elle regrettait ses paroles.

— Tu n'es pas un peu jeune pour avoir des pensées aussi négatives ?

— Oh, ce ne sont pas des pensées négatives. Je suis lucide, et je crois qu'on ne peut être heureux dans la vie que si on est lucide avec soi-même. Il ne faut pas passer à côté de ce qui nous tient vraiment à cœur. Il n'y a que deux conduites avec la vie : ou on la rêve ou on l'accomplit.

— C'est joli, ça.

— Malheureusement, ça n'est pas de moi. C'est un vers de René Char. Pardon, j'ai parfois tendance à être grandiloquente.

Au moment où elle terminait sa phrase, un enfant juché sur un *hoverboard* passa en trombe en les frôlant.

— Holà ! s'écria Arthur. Attention !

— Punaise, comment est-ce qu'il fait pour piloter ce truc ?

— Je n'en sais rien, je n'ai jamais essayé.

Lou balaya l'esplanade du regard.

— Tu ne veux pas qu'on s'assoie un moment ? Il y a un banc de libre là-bas.

— Si tu veux.

Ils traversèrent la place. Arthur se sentait tout bête. Les battements de son cœur s'étaient accélérés. Qu'est-ce qui lui arrivait ? Il ne connaissait pas cette fille depuis plus de cinq minutes et elle lui faisait déjà un effet dingue.

Ils s'assirent sur le banc, à l'ombre d'un marronnier. Pour se donner une contenance, Arthur sortit son paquet de cigarettes. Au fond de sa poche se trouvaient aussi ses précieux chewing-gums destinés à masquer l'odeur du tabac. Même à son âge, il savait que ses parents lui feraient une scène s'ils apprenaient qu'il s'était mis à fumer.

— Tu en veux une ? demanda-t-il en tendant son paquet à Lou.

— Non, merci, je ne fume plus.

— Ça ne te dérange pas si… ?

— Non, vas-y.

Tandis qu'il allumait sa clope, son regard se posa sur le bras droit de la jeune fille. Il remarqua que celui-ci était traversé par une longue et profonde cicatrice qui disparaissait sous la bretelle de sa robe pour réapparaître à la base de son cou. Comment ne l'avait-il pas remarquée avant ? Peut-être parce qu'il était complètement obnubilé par ses yeux. Bon sang, ça n'aurait pas dû être permis d'avoir de tels yeux…

— C'est ma cicatrice que tu regardes ?

Il tourna rapidement la tête et s'étouffa avec la première bouffée de sa cigarette.

— Non, pas du tout. Quelle cicatrice ?

— Très drôle, fit-elle tout en plaçant ses narines dans la volute de fumée qui s'élevait dans les airs. Qu'est-ce que la clope me manque…

Lou passa un doigt sur sa cicatrice et le fit courir tout le long de son bras.

— Au début, je la détestais. Tu ne peux pas savoir… Mais aujourd'hui, je m'en fous complètement. Tu vois, je ne la cache même plus.

Arthur fit tomber un peu de cendres par terre en tapotant sa cigarette entre ses doigts.

— Qu'est-ce qui t'est arrivé exactement ?

— J'ai eu un accident de voiture.

— Grave ?

Elle émit un petit rire nerveux.

— Plutôt, oui. Ça s'est passé de nuit. Il devait être quelque chose comme une heure du matin. On revenait d'un week-end à la campagne chez mes grands-parents avec mon père et mon frère. Une voiture qui venait en sens inverse nous est rentrée dedans. Mon père a essayé de l'éviter, il a fait une embardée mais le choc a quand même été très brutal. Le pire, c'est que ce n'était même pas un chauffard. Juste une mère de famille qui s'est endormie au volant et a perdu le contrôle de son véhicule. Elle n'a pas eu de chance, elle est morte...

— C'est horrible. Et ton frère et ton père ?

— Oh, ils n'ont eu que des égratignures. Un vrai miracle...

— Et toi ?

Elle soupira.

— J'ai été transportée aux urgences dans un sale état. Tu ne vas peut-être pas le croire, mais c'était la première fois que je mettais les pieds dans un hôpital. Avant ça, je ne m'étais jamais rien cassé, je n'avais jamais rien attrapé de grave. Les médecins ont été formidables avec moi. Ils ont vraiment fait tout ce qu'ils ont pu. J'avais perdu beaucoup de sang et...

Elle s'arrêta et fixa Arthur droit dans les yeux avant de poursuivre :

— Ça fait drôle, quand on y pense, de recevoir du sang. Tu imagines ? Celui de gens que tu n'as jamais vus et que tu ne connaîtras jamais se met à couler dans tes veines. Et je ne parle même pas des transplantations d'organes... Ça, c'est vraiment dingue. Vivre chaque jour avec le cœur d'un inconnu qui bat dans ta poitrine. Posséder les reins ou les poumons d'une personne à laquelle tu dois la vie.

Mais ne pensons plus à cet accident... Je ne sais pas ce qui m'a pris de te raconter un truc aussi déprimant. C'est l'été, tu es en vacances, et je viens te parler de choses affreuses...

— Non, au contraire, je suis heureux que tu te sois confiée à moi.

— C'est gentil.

Arthur écrasa sa cigarette au pied du banc.

— Je crois que je vais y aller.

Le visage de Lou se rembrunit aussitôt.

— Oh, bien sûr ! Je ne voulais pas t'embêter. Je dois te paraître super étrange, et puis tu dois avoir plein de trucs à faire...

Il secoua vigoureusement la tête.

— Non, ce n'est pas ça. Je voulais juste dire : « Je crois que je vais aller donner mon sang. »

Elle parut rassurée, du moins un bref instant.

— Ce n'est pas à cause de ce que je t'ai raconté, j'espère ? L'accident, le sang, l'hôpital... Tu dois trouver la ficelle énorme. Ça n'était pas prémédité. Je te jure que je n'avais aucune arrière-pensée et...

— Ne t'inquiète pas, j'ai vraiment envie de le faire. On ne fait pas ce genre de chose parce qu'on se sent coupable, pas vrai ?

Arthur se leva du banc et porta la main à son front.

— Merde !

— Qu'est-ce qui se passe ?

— On peut donner son sang quand on vient de fumer ?

Lou partit dans un grand éclat de rire.

— Bien sûr qu'on peut !

— Et il ne faut pas être à jeun ?

— Tu ne vas pas faire une prise de sang pour un examen !

— Bon, tu me rassures...

Un passant jeta à Arthur un regard mi-amusé, mi-dubitatif. Peut-être avait-il entendu leur échange. Lou croisa les jambes d'un geste un peu nerveux.

— Dis, Arthur…

— Oui ?

— Ça ne te dérange pas si je t'attends là ?

— Bien sûr que non ! s'exclama-t-il d'un ton qu'il jugea trop enthousiaste.

— À tout à l'heure, alors.

Arthur acquiesça d'un petit signe de la tête. Il était en train de se sentir pousser des ailes. Mais, presque aussitôt, une inquiétude le gagna. Et si Lou n'était plus là à son retour ? Et si, pour une raison qu'il ignorait, elle était en train de le mener en bateau ?

— Au cas où… tu ne voudrais pas me donner ton numéro ?

— Impossible… Je n'ai plus de portable.

Son inquiétude redoubla. Peut-être s'était-il montré trop pressant et venait-il de tout gâcher.

— Comment ça « plus » ? Il est cassé ? Tu l'as perdu ?

— C'est comme la cigarette. J'ai renoncé à tous ces trucs…

— Bon, fit-il en tardant à s'éloigner. Tu m'attends, hein ?

— Promis.

*

Cinq minutes plus tard, accoudé à une table dans l'ancienne salle de restaurant du Casino, Arthur remplissait le questionnaire soumis à tous les futurs donneurs. Il se sortit sans encombre des questions liées à son état général de santé, et même des « questions intimes ».

Après l'entretien avec le médecin qui dura une dizaine de minutes, il se retrouva allongé sur un lit. L'infirmier qui allait effectuer le prélèvement s'appelait Sylvain. Il devait avoir entre vingt-cinq et trente ans. Son air affable mit immédiatement Arthur à l'aise. L'infirmier lui demanda de serrer le poing et chercha une veine saillante.

— Anxieux ?

— Non, pas du tout. C'est juste que c'est ma première fois.

— Rassurez-vous, vous ne sentirez presque rien.

Avec doigté, il lui planta l'aiguille dans la veine.

— Ça ne sera pas très long. Dix minutes tout au plus.

Sylvain lui donna quelques informations – la quantité de sang prélevé, les délais entre deux dons –, mais il donnait l'impression de vouloir mener une conversation moins impersonnelle.

— Vous êtes étudiant ?

— Oui.

— En quoi ?

— Je suis en classe prépa. Je vais essayer d'intégrer l'École des chartes.

— Rien que ça ! Vous êtes une tête alors…

Arthur ne put se retenir de rire.

— Est-ce que j'ai vraiment l'air d'être « une tête » ?

— Je ne sais pas, ça ressemble à quoi exactement ? Sérieusement, qu'est-ce que vous voulez faire plus tard ?

— J'aimerais préparer un diplôme d'archiviste paléographe.

Sylvain fit une drôle de grimace.

— « Paléographe » ? Vous allez me prendre pour un ignare, mais c'est la première fois que j'entends ce mot.

— Oh, c'est tout bête : c'est l'étude des écritures manuscrites anciennes.

— Vous voulez devenir archéologue ?

— Pas vraiment. Plutôt chercheur et enseignant. Je suis passionné par l'histoire et les langues anciennes.

— Une vocation…

— On peut dire ça.

Arthur fixa le tuyau transparent par lequel circulait son sang. Il repensa à ce que Lou lui avait raconté : l'accident de voiture, ses graves blessures, son séjour à l'hôpital… En réalité, il n'avait pas cessé de penser à elle depuis qu'il l'avait quittée.

Fortuitement, il tourna le regard vers les fenêtres. À sa grande surprise, il vit que Lou se trouvait désormais sur la terrasse du Casino, appuyée contre un muret qui surplombait le terrain de mini-golf. Il se sentit soulagé – elle l'avait attendu –, et son cœur se remit à battre la chamade. Elle lui fit un signe de la main, puis leva son pouce en l'air en signe d'encouragement. Il lui adressa en retour un grand sourire.

— Qu'est-ce qui vous met de si bonne humeur ? demanda Sylvain d'un ton taquin.

— Rien de particulier…

Pourtant, Arthur mourait d'envie de lui répondre : « J'ai rencontré aujourd'hui une fille formidable et je crois que je suis amoureux. » À cette seule pensée, il se sentit monter le rouge au front et chercha à détourner la conversation :

— Et vous, vous avez toujours voulu devenir infirmier ?

Sylvain hésita, dodelina de la tête.

— Non, pas depuis toujours. Mais on peut dire que pour moi aussi c'était une vocation. Sauver des vies, aider les gens… Désolé, voilà que je me prends pour Mère Teresa.

— Ne le soyez pas. Je sens bien que vous êtes sincère.

Le regard de l'infirmier se fit soudain un peu triste. Il semblait fixer un point invisible par-dessus l'épaule d'Arthur.

— En fait, j'ai perdu quelqu'un de proche il y a quelques années. Quelqu'un de très proche.

— C'est à mon tour d'être désolé.

— Merci. Je ne sais pas, mais... juste après sa mort, je me suis mis à voir les choses différemment. J'ai éprouvé le besoin de donner un sens à ma vie, d'être utile aux autres. Vous voyez ?

Arthur acquiesça, même si, au fond, il ignorait totalement ce que signifiait perdre un proche. Sur ce plan, la vie l'avait préservé.

— Je crois qu'elle aurait été fière de ce que je fais aujourd'hui, ajouta Sylvain après un silence.

— « Elle » ? répéta Arthur sans réfléchir – et il regretta aussitôt de s'être montré si indiscret.

— Ma sœur, c'est elle que j'ai perdue il y a sept ans. À l'époque, je me destinais à faire une école de commerce, mais je me suis complètement réorienté pour devenir infirmier. En fait, je crois que je me sentais coupable.

— « Coupable » ?

— Ma sœur est décédée dans un accident de la route. Elle avait tout juste dix-huit ans. J'étais avec elle ce jour-là dans la voiture. On n'a pas pu la sauver, tandis que moi... je m'en suis tiré avec de simples égratignures.

Cette dernière expression frappa Arthur. Il dirigea son regard vers la vitre : Lou était toujours là, immobile contre le muret, l'air désormais absent.

Soudain, la tête se mit à lui tourner – un vertige qui vous saisit brutalement et contre lequel vous ne pouvez rien.

— Arthur, vous vous sentez bien ?

Il ne répondit pas. Un flot de pensées et de paroles déferlait dans son esprit. Quelqu'un avait ouvert en grand les vannes de son cerveau. Un voile s'était levé. Tout s'imposait à lui avec une cruelle évidence.

« Il ne faut pas passer à côté de ce qui nous tient vraiment à cœur. »

« Ils n'ont eu que des égratignures... Un vrai miracle. »

« Les médecins ont vraiment fait tout ce qu'ils ont pu. J'avais perdu beaucoup de sang et... »

« C'est comme la cigarette. J'ai renoncé à tous ces trucs... »

— Arthur, vous vous sentez bien?

— Comment s'appelait votre sœur?

— Pardon?

— Comment s'appelait votre sœur? répéta-t-il avec anxiété.

— Elle s'appelait Louise...

Arthur plissa les yeux. La jeune fille au dehors n'était déjà plus qu'une vague silhouette, une figure tremblante qui s'effaçait peu à peu comme dans un songe. Il cligna des yeux à plusieurs reprises. Quand sa vue fut redevenue nette, il constata que la terrasse était vide. Quoique cela fût impossible, quoiqu'il ne se fût pas écoulé plus d'une ou deux secondes, elle avait disparu.

Juste avant de s'évanouir, il entendit l'infirmier ajouter :

— Mais tout le monde l'appelait Lou...

*

— Arthur, Arthur...

Une voix au loin...

Il avait l'impression de flotter. D'être porté par une vague invisible. Une sensation plutôt agréable, comme s'il ne sentait plus le poids de son propre corps. Comme s'il ne possédait plus d'enveloppe charnelle et était devenu un pur esprit.

Il ouvrit les yeux. Au-dessus de lui, le visage de Sylvain.

— Arthur, ça va?

— Il revient à lui, ajouta une autre voix.

Arthur constata que plusieurs personnes s'étaient amassées autour du lit. Machinalement, il hocha la tête. Il n'éprouvait plus cette étrange sensation de vertige mais se sentait nauséeux.

— Oui, je crois…

— Vous avez tourné de l'œil. Ça arrive quelquefois quand on donne son sang. Vous aviez déjeuné ce matin ?

— Oui.

Il fit un mouvement pour tenter de se redresser.

— Doucement, ne faites pas de geste brusque. Vous vous êtes quand même évanoui…

— Où est-elle ?

— Qui ?

Arthur désigna du menton la terrasse du Casino, mais celle-ci était vide, à l'exception d'un vieux couple qui marchait bras dessus, bras dessous.

— Lou. Je lui ai parlé tout à l'heure. Elle devait m'attendre sur la place.

À ces mots, le visage de Sylvain se figea.

— De qui est-ce qu'il parle ? demanda la jeune femme qui s'occupait des collations.

Interloqué, l'infirmier mit quelques secondes à réagir. Il se tourna vers les autres personnes autour du lit et lança d'un ton agacé :

— Bon, laissons-le un peu respirer…

— Je vais appeler le médecin, ajouta l'agente de collation.

Le petit groupe se dispersa rapidement. Arthur regarda l'infirmier au fond des yeux.

— C'était elle, n'est-ce pas ?

Sylvain fut incapable de prononcer un mot.

— Il faisait nuit. Vous étiez avec votre père dans la voiture... Et vous reveniez d'un week-end chez vos grands-parents... Elle m'a tout raconté tout à l'heure.

Après quelques secondes durant lesquelles le temps parut se suspendre, l'infirmier fit un signe de la tête, et Arthur vit des larmes perler à ses yeux. Pourtant, un sourire se dessina presque au même moment sur ses lèvres.

— Lou est facétieuse. Elle sait qu'elle ne devrait pas, mais... c'est plus fort qu'elle, elle ne peut pas s'en empêcher.

— « S'en empêcher » ?

— Elle n'arrive pas à lâcher prise. Je crois que notre monde lui manque trop. Elle n'accepte pas l'idée de devoir partir... définitivement. Où était-elle ?

— Sur l'esplanade. C'est elle qui m'a...

— Persuadé de donner ton sang ?

— Oui.

— Ça, c'est une première. Lou ne se montre presque jamais à des inconnus. Tu as dû lui faire forte impression.

Arthur se rappela l'homme qui lui avait jeté un regard étrange sur la place. Non pas à cause de ce qu'il disait, comme il l'avait cru, mais parce qu'il semblait s'adresser à un banc vide.

— Alors, vous la voyez, vous aussi ?

— De temps en temps... Elle me suit un peu partout, elle veille sur moi. Je crois qu'elle a peur qu'il m'arrive quelque chose, et c'est aussi pour ça qu'elle refuse de partir. Mais aujourd'hui je ne l'ai pas vue, c'est toi qu'elle a choisi.

L'infirmier s'assura que personne ne pouvait l'entendre et poursuivit à voix basse :

— Je sais que tout cela doit te paraître fou. J'aurais pu prétendre que tu avais tout imaginé, que cette vision était due à ton évanouissement, mais... je sais que si Lou t'a choisi, c'est que tu es quelqu'un de bien, en qui je peux avoir confiance. Ce sera notre secret, d'accord? Les gens ne pourraient pas comprendre. Non, personne ne pourrait comprendre…

Un ange passa.

— Est-ce qu'elle va revenir?

— Je n'en ai aucune idée. Il n'y a pas de règle. Ou s'il y en a, je n'ai pas encore trouvé le mode d'emploi.

— Elle m'a dit qu'elle m'attendrait.

— Elle ne voulait pas te faire de la peine, Arthur. Et puis, il arrive qu'elle oublie qu'elle est… Enfin, tu me comprends? Elle imagine qu'elle est une jeune fille de dix-huit ans qui a encore l'avenir devant elle…

*

Après avoir quitté le Casino, Arthur passa le reste de la journée à errer dans les rues à la recherche de Lou. Il ne la trouva pas. Il ne devait plus jamais la trouver.

Dans la librairie du village, il dégota un seul et unique livre de René Char : *Éloge d'une Soupçonnée,* paru l'année de sa mort. L'exemplaire, d'occasion, était en fort mauvais état. Quelqu'un – sans doute le précédent propriétaire, mais Arthur finirait bientôt par en douter – en avait légèrement corné une page.

Au moment où il ouvrait le recueil, il sentit une présence juste derrière lui. Il se retourna, mais il n'y avait personne. Ou peut-être ne pouvait-il simplement plus voir cette personne.

À la page cornée se trouvait un court poème intitulé :

NOUS ÉTIONS DANS L'AOÛT
D'UN CLAIR MATIN PEU SÛR

Il lut le premier vers :

« Il n'y a que deux conduites avec la vie : ou on la rêve ou on l'accomplit. »

Alors, Arthur sourit. Il acheta le livre et, plus confiant et plus fort qu'il ne l'avait jamais été, sortit accomplir sa vie.

Les Faux Départs

Romain Sardou

« Quand je n'ai plus de bleu, je prends du rouge… »

Derrière cette boutade de Pablo Picasso, il y a l'injonction de toujours être capable de repenser son projet. Non pas l'effacer et le recommencer, mais l'emmener autre part. En désacralisant son geste créatif (toutes les couleurs se valent), Picasso désigne pour nous l'essence de son art.

Cet esprit d'aventure se retrouve dans tous les siècles. Nous lui devons nos plus belles œuvres, mais aussi nos plus belles découvertes, tant l'inspiration de l'homme de science ressemble parfois à celle du grand artiste.

Ce conte s'en voudrait l'illustration, d'après des faits historiques et imaginaires…

Il était une fois Jean-Baptiste Denis, médecin du Roi-Soleil, qui s'apprêtait, à bientôt quarante ans, à donner libre cours à son esprit et à changer complètement l'objet de ses recherches.

Depuis l'enfance, le domaine de la folie le fascinait. Toutes les folies : les dérèglements de la pensée, du comportement, du langage verbal ou corporel, des sens… Il se délectait dans l'exercice de ses prédilections et était persuadé de pouvoir réussir un jour à « guérir » la folie, grâce à de glorieuses découvertes. À neuf ans, Denis entendait déjà bouleverser l'histoire de la médecine. Toute son époque l'y encourageait : il était né dans un bon siècle et sous un bon roi.

Cependant, las ! après de longues années de pratique, d'enseignement et d'étude, Jean-Baptiste dominait tous les savoirs médicaux de son temps, mais de « cure » pour les folies, point.

En ce temps-là, la médecine se limitait à trois opérations : la purge, le lavement et la saignée. Le vomitif, le clystère et la lancette. Aussi Denis purgea-t-il, pompa-t-il et saigna-t-il autant qu'il le put, mais sans jamais recueillir d'effets sur ses patients frappés de démence, ni remettre en cause les théories existantes. Il tira néanmoins de ces multiples interventions une renommée importante qui, quoique diplômé d'une université de province, l'éleva au rang de médecin ordinaire du roi. Une bonne sinécure : Louis XIV avait vingt-sept ans et se portait comme un charme.

Jean-Baptiste Denis n'aurait pu en dire autant. Son siècle était un siècle de savants, Londres et Paris se livraient à une folle compétition scientifique, il avait été le contemporain de René Descartes, il était l'ami de tous les grands esprits, et personne ne connaissait son nom ! Tout autre que lui se serait accommodé d'une position de médecin auprès de Sa Majesté : lui jugeait cet état comme un échec. Et il n'avait plus vingt ans…

Un matin, il dit à sa femme, sans la moindre faiblesse dans la voix :

— J'abandonne. Qu'on ne me parle plus de folie. Jamais !

Madame Denis en fut sidérée.

— Je me rends pour la journée à Versailles. J'y ai un bon ami qui participe aux travaux d'embellissement du château, et j'ai promis de le visiter.

Il s'élança sans guère plus d'explications sur cette route carrossable à demi que les Grands de la cour connaissaient encore mal.

Cinq lieues de poste plus loin, il reconnut Denis Jolly, ingénieur-fontainier qui œuvrait à Versailles en cet hiver 1666 après avoir travaillé à Vaux-le-Vicomte. Il achevait de régler une batterie de jeux d'eau pour une grotte artificielle du parc.

Le goût particulier de Jean-Baptiste pour les arts hydrauliques lui venait de son père, ingénieur civil des États de Languedoc et créateur de nombreux modèles de pompes d'agrément dans le Velay et le Vivarais. Encore aujourd'hui, le médecin raffolait des effets d'eau et des circuits complexes qui servaient à alimenter les villes ou à garnir les parcs et les jardins. Son ami Denis Jolly était un expert de toute notoriété dans le métier ; sa fabrique se dressait près du Pont-Neuf à Paris, non loin du logis de Jean-Baptiste sur le quai des Augustins. Les deux hommes avaient fraternisé depuis longtemps. Jolly avait souvent invité Jean-Baptiste pour lui dévoiler ses derniers prodiges, mais le médecin retardait toujours le moment d'accepter. Il lui avait fallu son renoncement navré de ce matin pour qu'il se résolve à monter en selle.

Au petit château de Versailles, Jean-Baptiste découvrit un chantier plus vaste qu'il se l'était imaginé. Louis XIV avait ordonné une campagne d'aménagements pour pouvoir y résider avec son Conseil, sa famille et quelques membres de la cour. Mais il prit surtout soin de ses jardins : il fit ériger une orangerie, une ménagerie, étendit les anciens vergers de son père, ponctua le parc de belles statues, d'une douzaine de fontaines et d'une grotte de Téthys qui devait attirer toutes les louanges.

— Ah, te voilà enfin ! s'écria Denis Jolly en voyant son voisin des quais de Seine. Regarde donc !

Il se tenait au pied de la grotte en construction : trois grands groupes sculptés inspirés des *Métamorphoses* d'Ovide avec des murs de coquillages cernés d'arcades et d'écoinçons où se reconnaissaient des tritons et des sirènes. Les niches accueillaient un « Apollon servi par les nymphes » et deux groupes de « Chevaux du Soleil ». Mais c'était le circuit d'eau qui sidérait le plus les premiers visiteurs.

— Viens ! dit Jolly à Jean-Baptiste.

Pour son premier système hydraulique de Versailles (le château ne possédait ni source ni rivière sur ses terres), il était allé puiser l'eau dans un lac voisin, au hameau de Clagny. Il y avait fait bâtir une gigantesque pompe actionnée par deux chevaux de halage. L'eau remontait le long d'une chaîne à godets pour alimenter un réservoir situé en surplomb de la grotte de Téthys, avant de desservir les autres fontaines du parc.

— Magnifique ! s'exclama Jean-Baptiste.

Il admira l'ingénierie de Jolly, mais ce n'était pas à son père qu'il songeait devant cette prouesse ; il pointa le double manège à chevaux et ajouta :

— Tu devrais baptiser cela « le cœur » de ton système.

— Le cœur ?

Jean-Baptiste lui évoqua rapidement les découvertes de William Harvey, qui avait prouvé, quelques années auparavant, que le sang circulait dans le corps humain en circuit fermé et que le cœur servait de pompe pour le propulser dans les veines et les artères.

— Depuis Harvey, le cœur est devenu notre moteur principal, déclara Jean-Baptiste. Avant lui, même sous Aristote, on pensait que le sang était produit par le foie, grâce aux nutriments, et qu'il se perdait ensuite à travers les organes.

— Ah ! fit Jolly. Tu appartiens donc à la secte des « circulateurs » !

La thèse révolutionnaire de William Harvey ne faisait nulle part l'unanimité. Le parti des « anticirculateurs » était très actif en France, autant par conviction scientifique que par anglophobie naturelle.

Jean-Baptiste sourit :

— Je penche pour Harvey, c'est exact. Sa découverte est la plus formidable du siècle. Elle corrige deux mille ans d'erreurs !

Il pointa les ouvrages à chevaux de la pompe de Jolly.

— Ces manèges font penser à deux ventricules... C'est bien le « cœur » de ton invention.

Les deux hommes retournèrent au chantier de la Grotte.

— Un circuit circulaire fermé, dit Jolly en réfléchissant, voilà ce que l'on va dessiner ici pour administrer l'eau nécessaire aux caprices du roi ! De grands canaux et des petits cours d'alimentation pour assurer le débit. Ce sera magnifique ! Un véritable corps humain !

Parmi les nombreux ouvriers et les sculpteurs, une silhouette apparut et vint en direction de Jolly et de Jean-Baptiste. L'entrain du premier diminua d'autant.

« C'est Perrault...

— Que fait-il ici, celui-là ?

— Il a collaboré aux plans de la Grotte. Avec Le Vau.

— Il est partout !

— Ça... »

Jean-Baptiste ne supportait pas Claude Perrault. À la fois médecin, physicien, architecte, amateur de mathématiques et contrôleur à la Surintendance des Bâtiments du roi, il était surtout homme à s'approprier les idées des autres, leurs paroles, leurs travaux, leur gloire, leurs modes, et parfois même leurs femmes.

— Je sens qu'il me tient à l'œil, dit Jolly en le voyant s'approcher, maintenant qu'il est à la Surintendance ! Cet opportuniste corrompu me fera tomber au premier pot-de-vin découvert...

— Bonjour, sieur Denis, s'exclama Perrault en reconnaissant Jean-Baptiste. Incroyable ! Figurez-vous que je pensais à vous, le jour dernier !

— Vous dites cela pour me flatter...

— Même pas ! J'étais à mon officine de l'Académie royale, après avoir quitté un chantier en face du Pont au Change, après avoir aussi donné mon cours de pathologie à l'université de Paris, après avoir enfin remis un mémoire à la Surintendance des Bâtiments sur un projet de Grand Canal que j'ai pour ici même, et je me suis dit : avec tout son talent, comment se fait-il que ce bel et bon Jean-Baptiste Denis ne se soit jamais distingué en *rien* ?

Jean-Baptiste et Jolly, béants, ne trouvèrent rien à répliquer.

Perrault ajouta, avec un geste :

— Ensuite, je me suis rappelé que vous n'étiez diplômé que de Montpellier, mais tout de même : ça n'explique pas tout ! Quand on songe à ces espoirs que l'on plaçait en vous... Qu'en avez-vous fait ?

— Qu'en ai-je fait ? C'est cela que vous vous demandiez en pensant à moi ?

— Sans rien devoir vous cacher : oui. (Je vous l'avoue parce que je vous aime, Jean-Baptiste !) Je me demande parfois si vous n'êtes pas *fainéant*... Enfin... Vous êtes d'excellente compagnie, tout le monde s'accorde pour le reconnaître, et moi le premier !

— Vous me flattez vraiment, monsieur Perrault...

— Même pas !

L'homme regarda alors Jolly, pour la première fois, avec un formidable air de mépris.

— Vous allez bien, monsieur l'*intendant des fontaines* ? Vous n'accusez pas de retard ?

— On peut m'accuser de beaucoup de choses, mais jamais de cela, *docteur.*

Perrault sourit jaune.

— Parlant médecine, dit-il en se retournant vers Jean-Baptiste, que pensez-vous de ma petite guerre face aux Anglais ? Ces huguenots ont commencé des expérimentations de transfusion sanguine entre animaux. Transfuser du sang ! Ce serait une réussite formidable, ne trouvez-vous pas ?

Jean-Baptiste hocha la tête. Il avait lu quelques publications sur les travaux d'un certain Christopher Wren qui aurait mis au point un matériel à même d'autoriser une communication sanguine d'un corps animal à un autre. Il avait trouvé cette invention loufoque et totalement gratuite.

— Lower et Coxe ont déjà opéré sur des mammifères, déclara Perrault. Pour l'heure, ils échouent à faire survivre le donneur et le receveur ensemble. Moi, la semaine dernière, j'ai transfusé deux oiseaux, messieurs !

Jean-Baptiste Denis sourit. Jolly se mordit la lèvre pour ne pas éclater de rire.

Perrault, lui, était certain d'avoir brillé au-delà de ses espérances.

— Quelle race d'oiseau avez-vous choisie ? lui demanda Jolly, près d'exploser.

— Des serins.
— Évidemment !
— Mes serins ne voleront plus, ils n'ont pas survécu, mais l'Angleterre sait aujourd'hui que la France ne se laissera pas devancer !

Perrault s'éloigna, sans comprendre pourquoi sa dernière phrase avait tant mis ses interlocuteurs en joie.

Jean-Baptiste visita ensuite les fontaines du parc et loua les agrandissements du château dirigés sous ses yeux par un Le Vau très âgé. Avant de regagner la route de Paris, il fit halte dans une bergerie non loin du bourg, conseillée par Jolly. Là s'y trouvaient dans un cadre absolument idyllique, digne des premiers succès romains de Poussin, des veaux, des agneaux, une brebis et une vache. Jean-Baptiste acheta des œufs et cinquante onces de bon lait. Plus encore qu'à la campagne d'Auteuil, il avait l'impression d'être dans une lointaine Arcadie rêvée...

Il rentra chez lui, sur le quai des Augustins, juste avant la fermeture, à la nuit tombée. Il y vivait avec sa femme, sa belle-mère, sa sœur aînée, trois filles et un garçon en bas âge. Ce dernier digérait difficilement depuis plusieurs semaines, Jean-Baptiste apportait pour lui le lait de campagne. Tout le monde dormait dans l'appartement. Hormis sa vieille belle-mère qui avait réveillé le garçon et tâchait de lui faire ingurgiter un peu du lait de Versailles.

— Je suis certaine que cela va lui faire beaucoup de bien, dit la belle-mère. Combien de fois, dans ma vie, ai-je pu constater que le lait des animaux apaisait nos maux et profitait davantage aux enfants que le lait d'une nourrice, ou même celui d'une mère ! C'est que les animaux qui nous offrent leur lait, grâce à Dieu, sont des animaux doux, paisibles, parfaitement innocents, parfaitement purs, aimés du Créateur. Ils n'ont rien dans leurs entrailles de nos mauvaises humeurs… Le lait animal est sain parce qu'il n'est jamais corrompu. C'est un peu de paradis qui nous coule entre les lèvres. Je vous le demande : où fait-on plus brave qu'une bonne vache laitière ?

Elle s'arrêta.

— Eh bien, qu'avez-vous, Jean-Baptiste ? Mon gendre ?

Le médecin était à peine éclairé, la vieille femme n'avait plus son regard perçant d'autrefois, mais le visage figé et comme illuminé de Denis ne lui échappa pas dans la lueur de la bougie.

C'est à lui qu'elle fit désormais boire un grand verre de lait.

— Vous êtes tout pâle… On dirait que le sang s'est retiré de votre corps…

Jean-Baptiste Denis ne ferma pas l'œil de la nuit. Il repensa furieusement aux pièces d'eau de Versailles par Denis Jolly, aux expériences des Anglais et de Claude Perrault, et enfin aux propos de sa belle-mère.

Jean-Baptiste Denis avait l'impression de vivre l'un de ces moments où l'on change plus vite en une minute qu'en dix ans.

C'était vertigineux…

Privé de bleu, il passait au rouge !

*

Enfant, en 1634, dans sa région natale de Montpellier, Jean-Baptiste avait rencontré sa vocation de médecin en tombant malade.

Ses nombreuses crises d'asthme furent combattues par des fumigations d'eucalyptus prescrites par un docteur de Montauberon. Elles n'eurent aucun effet thérapeutique sur l'enfant. Curieux de tout, doté d'une vive imagination et avide de recouvrer la santé, le petit Jean-Baptiste, neuf ans, décida de se guérir tout seul. Ayant saisi le principe de la fumigation, il s'essaya en secret à faire brûler et bouillir tous types de plantes imaginables pour dégager ses voies. Après quelques semaines d'intenses vomissures et d'évanouissements, Jean-Baptiste se déclara définitivement guéri et, de fait, il ne souffrit plus jamais de crises d'asthme…

Le destin avait parlé : il serait médecin.

Ce fut au cours de la même période qu'un autre élément décisif se joua dans l'existence du jeune garçon : sa mère fut, devant lui, internée dans une prison pour fous à Albi, traînée à son corps défendant par son mari…

*

Au lendemain de l'escapade sur les chantiers de Versailles, Jean-Baptiste se rendit rue du Temple, au numéro 79. Il y investit la bibliothèque du bel hôtel de Montmor, sans relever le nez de ses lectures de toute la journée.

Le maître des lieux, Henri-Louis Habert de Montmor, féru de science, disciple de Mersenne et de Gassendi, riche à plaisir, le convia à sa table en début de soirée. Denis ne s'était jamais présenté devant personne dans un tel état d'excitation. Il avait repris l'actualité scientifique du sang là où les explications sommaires de Claude Perrault l'avaient laissée. Un Anglais du nom de Christopher Wren, défenseur de la cause circulatoire de William Harvey, avait, en effet, expérimenté, dès 1656, l'injection d'une modeste quantité de vin et de bière dans le sang d'un chien en bonne santé. Ce dernier présenta des signes immédiats de soûlerie avant d'éliminer l'alcool par les voies naturelles et de retrouver un comportement normal. L'appareillage intraveineux confectionné par Wren avait servi, moins d'un mois auparavant, aux physiciens Lower et Coxe afin de transfuser du sang entre deux chiens, puis entre deux pigeons ! La communication « sanguine » était dans l'air du temps et devenait de plus en plus concevable. Jean-Baptiste avait dévoré tous les compte-rendus d'opérations sur le sujet. Ces expérimentations ne se réalisaient pas qu'à Londres : une véritable compétition à l'échelle de l'Europe était lancée sur le sujet encore vierge de la transfusion intravasculaire !

— J'ai connu autrefois, dit Henri-Louis de Montmor, un moine bénédictin du nom de Robert Desgabets, théologien et philosophe, enseignant à Metz, fervent cartésianiste, venu en mon Hôtel pour exposer un appareillage très similaire à celui de Wren.

Deux petits tuyaux d'argent permettaient de recueillir le sang d'un donneur, puis de le communiquer au receveur à l'aide de valvules qui interdisaient tout reflux ; une bourse en cuir de la taille d'une noix reliait les tuyaux, facilitant ainsi le mouvement du sang grâce à des pressions manuelles et permettant de mesurer la quantité exacte de sang transfusé. La démonstration du moine bénédictin fut longuement applaudie et commentée par les habitués de la rue du Temple.

À Paris, l'hôtel de Montmor était depuis longtemps célébré sous le nom de l'*Académie Montmor*, lieu privé où se réunissaient les plus grands esprits scientifiques. Colloques, publications, expérimentations, l'Académie était si prestigieuse que le roi et Colbert inaugurèrent, en cette année 1666, une Académie royale des sciences, pour la concurrencer.

— Cependant, Dom Robert voyait plus loin que nos Anglais, affirma Henri-Louis. Il évoquait sans détour la transfusion sanguine *humaine* !

— C'est à cela que je pense ! Nous y pensons tous ! Mais encore faut-il pouvoir la justifier !

Montmor haussa les sourcils.

— Le pouvez-vous ?

Jean-Baptiste se leva de table. Il ne tenait plus en place.

La médecine de son temps comptait deux millénaires de respectabilité reposant entièrement sur la théorie humorale d'Hippocrate et de Galien : pour eux, le corps humain était parcouru de quatre humeurs distinctes, le sang, la lymphe, la bile et l'atrabile, et c'était uniquement l'équilibre parfait de ces quatre fluides qui apportait à l'homme la santé. Tout excès ou toute déficience de l'un ou de l'autre produisait une transformation du comportement, puis la maladie, enfin la mort si l'on n'y remédiait. L'humeur la plus importante à surveiller était le sang : son échauffement apportait la fièvre, sa corruption, la mort. On la traitait à l'aide des saignées.

Pour les avoir souvent pratiquées sur ses patients, Jean-Baptiste n'en était pas un adepte convaincu. Il considérait qu'elles affaiblissaient la vitalité du malade. Il préférait y recourir à titre préventif, persuadé, comme tout disciple d'Hérophile, que la conservation de la santé était aussi primordiale en médecine que la guérison des maladies.

— Mais la transfusion sanguine pourrait tout changer, s'exclama-t-il debout à l'intention d'Henri-Louis de Montmor. Nous n'ignorons pas que le sang de l'homme se corrompt. Nous savons comment lui faire quitter le corps d'un malade pour le soulager. Mais sait-on le *remplacer* ? Et par quoi ? Transfuser le sang d'un homme vers un autre homme serait une calamité, puisque les mauvaises humeurs du donneur seraient forcément transmises au receveur. Et où trouver un sang humain qui ne se soit jamais corrompu par quelque passion néfaste ? Mais le sang d'un agneau ? Celui d'une jeune brebis ? Ne sont-ce pas des animaux tendres et doux, qu'on ne voit jamais ni sanguins, ni bilieux, ni lymphatiques ? Leur sang n'est-il pas aussi pur que leur lait ? En clarifiant celui de l'homme maladif, nous pourrions lui rendre la santé, mais aussi, très certainement... sa jeunesse !

Henri-Louis avait les yeux qui brillaient.

Jean-Baptiste souriait.

Il comprenait qu'il ne s'était jamais trompé sur sa destinée : il n'était pas né pour guérir les hommes de leur folie, mais pour leur offrir la vie éternelle !

Son intuition avait toujours été bonne : il allait *réellement* changer le cours de l'histoire de la médecine.

Enfant, au retour d'Albi où sa mère avait été emprisonnée malgré ses hurlements et ses larmes, Jean-Baptiste resta longtemps silencieux à la maison. Après plusieurs jours d'intense réflexion solitaire, il prit la résolution irrévocable de consacrer sa vie de médecin à guérir le mal qui frappait sa mère et l'empêchait de la voir.

Il alla se planter devant sa sœur aînée et lui clama, péremptoirement :

— Laure, je serai un homme exceptionnel !

*

Pour commencer ses expérimentations sur le sang, Jean-Baptiste s'adjoignit les talents de chirurgien d'un ami originaire de Saint-Quentin, Paul Emmerez. Puis, grâce à la fortune d'Henri-Louis de Montmor et à l'appui des grands scientifiques qui avaient table ouverte dans son Académie, il se constitua l'instrumentation nécessaire pour des opérations transfusionnelles.

Avant de se pencher sur l'homme, Denis voulait éprouver sa dextérité sur des animaux domestiques en essayant de préserver, pour la première fois, les vies du donneur et du receveur.

L'expérience inaugurale eut lieu le 3 mars 1667 au domicile du médecin. Une chienne épagneule tenait le rôle du donneur et un petit bâtard à poil court celui du receveur. Denis respecta la méthode londonienne de Thomas Lower, mais Emmerez préconisa de ponctionner le sang de l'épagneule sur son artère crurale plutôt que sur la carotide. L'opération se passa sans heurt et, au bout de quelques jours, les deux chiens se portaient à merveille !

Une nouvelle expérience se déroula le samedi 19 mars, en public cette fois, dans le vaste salon de l'Académie Montmor. L'événement fut même annoncé dans le *Journal des sçavans.* Denis et Emmerez injectèrent le sang d'un jeune chien en pleine santé chez un chien plus âgé et maladif : il était attendu que l'état du receveur s'améliore grâce à la transfusion.

Là encore, quelques jours passés, l'intervention parut parfaitement satisfaisante.

Jean-Baptiste se lança alors dans pas moins d'une cinquantaine de transfusions d'affilée entre animaux ! Les morts se comptèrent seulement par rapport aux types d'incisions pratiquées par Emmerez… Hommes de science, dignes héritiers de Descartes, l'un comme l'autre ne songeaient nullement à la souffrance animale car, à l'image du grand philosophe, ils étaient intimement persuadés que les bêtes étaient de simples machines, comparables à des automates ou à des horloges, totalement impropres à ressentir la moindre douleur. Malebranche dirait même, à ce propos : « Il n'y a nulle intelligence chez les animaux, ni âme, comme on l'entend ordinairement. Ils mangent sans plaisir, ils crient sans douleur, ils croissent sans le savoir, ils ne désirent rien, ils ne craignent rien, ils ne connaissent rien... » Ayant frappé son propre chien en guise de démonstration, il se serait écrié : « Ça crie, mais ça ne sent rien[1] ! »

Après plusieurs mois d'expérimentation, l'heure de transfuser vers l'homme avait sonné.

Restait la désignation du patient. Cette question taraudait Denis. Il s'interrogeait sur son âge, son sexe, sa condition physique... Il redoutait surtout de le voir mourir de pathologie plutôt que de transfusion et de s'entendre reprocher sa disparition.

Incapable de décider, Jean-Baptiste préféra attendre que le sort tranche pour lui.

Le sort revêtit alors les habits d'une petite famille originaire de Lorraine...

On frappa à la porte du médecin.

C'était les Gui.

Ils ne le venaient pas consulter pour ses transfusions, mais parce qu'il avait la réputation de s'intéresser aux cas de folie. Et ne racontait-on pas qu'il payait certaines familles pour qu'elles le laissent ausculter plus à son aise leurs parents ? Aussi les Gui se présentaient-ils dans l'espoir de voir leur fils soigner et de repartir avec quelques deniers tournois.

---

1. Tout Descartes et Malebranche qu'ils sont, vus avec nos yeux de 2021, ce sont des scélérats qui parlent...

Jean-Baptiste aperçut sous lui un garçon de quinze ans, faible, très faible, maigre, très maigre, porté sur une chaise, recouvert d'une épaisse couverture et somnolent aux trois quarts.

— C'est notre aîné, dit le père. Il se prénomme Gabriel.

— Que lui arrive-t-il ?

— Il souffre d'une fièvre persistante. Voilà deux mois qu'elle n'a pas baissé !

— Deux mois ?

— Regardez-le… Il est toujours à moitié endormi. Il ne répond presque plus. Ses phrases sont incohérentes. Il perd complètement la mémoire.

Depuis le début de sa maladie, Gabriel Gui avait subi plus de vingt saignées, lancettes et sangsues comprises, sans le moindre résultat.

Jean-Baptiste leva les yeux au ciel et remercia la providence.

— Entrez !

Il fit appeler Paul Emmerez.

Les Gui étaient originaires du Ban-de-Sapt sur le massif des Vosges. Le père était boulanger et la mère passementière. Ils vivaient aujourd'hui dans le village de La Chapelle, à quelques lieues au nord de Paris.

Après auscultation, Emmerez parvint aux mêmes conclusions que Denis :

— Le peu qu'il reste de sang chez ce malheureux, après toutes ces saignées, s'est épaissi sous l'effet de la fièvre. Celle-ci s'y concentre et empêche de jamais la faire tomber.

— C'est cela ! Seul un apport en sang « pur » devrait permettre de réduire cette fièvre au long cours.

Une fièvre persistante, depuis deux mois ?

Une victoire permettrait d'affirmer spectaculairement la théorie de Jean-Baptiste Denis.

Pour qu'il fût cru, il fallait que la transfusion *guérisse* !

Le cas de Gabriel Gui était idéal.

La date de son opération fut arrêtée au 15 juin 1667.

Toutes les sommités de l'Académie présentes ce jour-là mesuraient à quel point elles assistaient à un événement qui promettait de marquer l'histoire.

L'opération débuta à cinq heures du matin.

Trois onces de sang furent d'abord soustraites au garçon depuis une veine sectionnée au pli du coude. Denis et ses confrères considéraient en ce temps-là que le corps humain se composait de vingt-cinq litres de sang (au lieu des cinq aujourd'hui universellement admis !). Malgré ses saignées récentes, Jean-Baptiste tenait à s'assurer que le sang « pur » trouverait l'espace nécessaire pour se disperser au sein du système vasculaire de Gabriel.

Après quoi, le patient reçut huit onces de sang artériel prélevé sur un agneau, cet animal doux que Jean-Baptiste avait fait venir, pour la circonstance, de la bergerie idyllique de Versailles. La bête avait été saignée au niveau de la carotide.

Dès le commencement de l'injection, le garçon fut tiré de sa torpeur. Il ouvrit ses yeux et se releva même sur son fauteuil.

Tout le monde l'observait, d'un air passionné.

— J'ai mal au bras, dit-il soudain.

— Mal ? Peux-tu dire ce que tu ressens ? demanda Jean-Baptiste.

— Ça chauffe... Une chaleur intense... Mon bras chauffe !

— À quels endroits ?

Le garçon désigna de la main gauche le point d'injection puis remonta lentement jusqu'à l'aisselle.

La transfusion se poursuivit encore quelques minutes avant qu'Emmerez ne délivre Gabriel de sa canule.

Ce dernier ne retourna pas à sa léthargie des dernières semaines.

Il ne se plaignit d'aucune nouvelle douleur.

Son visage se recolora.

Deux heures passèrent et sa fièvre était tombée.

L'amélioration de son état paraissait indiscutable.

— Transfuser, c'est guérir ! put alors s'écrier Jean-Baptiste.

L'enthousiasme à l'hôtel de Montmor était à la mesure de l'événement. Si les conséquence positives de l'opération se confirmaient, elles ouvriraient des champs médicaux insoupçonnés. Non seulement Jean-Baptiste Denis validait la circulation fermée de William Harvey, mais ses transfusions intravasculaires apportaient une réponse thérapeutique, la première en deux mille ans, au système des humeurs d'Hippocrate et de Galien !

Jean-Baptiste se voyait déjà intronisé au panthéon de la médecine.

En rentrant le soir chez lui, quai des Augustins, il se planta devant sa sœur et sa femme, et leur clama :

— Laure, Bertille, je suis un homme exceptionnel !

*

Gabriel Gui rentré à La Chapelle, Denis et Emmerez avaient déjà prévu leur intervention suivante. Pour prouver l'innocuité de leur découverte, ils décidèrent de transfuser un solide porteur de chaise de quarante-six ans, Benoît Boucan, en parfaite santé cette fois, qui se laissait saigner pour cent sous. L'opération lui fut si bénigne qu'il sortit boire sa récompense avec des étrangers deux heures après l'intervention. Il termina la nuit ivre au point de paraître mort, à la grosse contrariété de Jean-Baptiste. La troisième transfusion fut administrée à un gentilhomme suédois, le baron Bond, sur insistance de sa famille qui s'était vue lâchée par tous les médecins de la capitale. Après quatre saignées décourageantes, ceux-ci avaient jugé que le malade était définitivement perdu. La famille venait à Denis avec l'espoir d'une dernière chance. Deux palettes de sang de veau furent injectées au moribond. Un léger mieux après l'opération n'empêcha pas une grave rechute le lendemain. Denis et Emmerez acceptèrent une dernière transfusion, mais le baron mourut peu de temps après. Jean-Baptiste exigea une autopsie qui révéla une gangrène avancée de l'ilion chez le gentilhomme. La transfusion ne saurait donc être tenue pour coupable de son décès.

Ces péripéties étaient désormais largement diffusées au sein de la communauté scientifique, et même auprès du grand public. Le succès aidant, la gloire de Denis devint une affaire d'État. Répondant à la sollicitation du Conseil du roi et de la nouvelle Académie des sciences, Jean-Baptiste publia un article polémique où il remettait ouvertement en cause la primauté des études anglaises sur la transfusion par intraveineuse, déniant à Christopher Wren et à Richard Lower leur position de réels pionniers. Par patriotisme, il offrait la préférence au moine français Dom Robert Desgabets, qui n'en demandait pas tant…

Le procédé indigna les Anglais. Wren se contenta de répondre sur le ton humoristique, rappelant à Denis que les véritable précurseurs en la matière étaient… les Chinois. Leurs chirurgiens avaient en effet démontré la circulation du sang mille cinq cents ans avant William Harvey, établissant de surcroît la nature du pouls ! Mais les Italiens se joignirent aussi à la controverse, affirmant que leur compatriote, Andréas Libavius, transfusait lui aussi en 1615…

À Paris, l'anglophobie n'était pas assez puissante pour neutraliser la haine des partis. Les sectes traditionnelles des « circulateurs » et des « anticirculateurs » se virent doubler par une nouvelle génération plus enragée encore : les « transfuseurs » et les « antitransfuseurs ».

Les partisans de Jean-Baptiste Denis voyaient partout des miracles à venir grâce à son invention : on soignerait les pleurésies, la vérole, la lèpre, les cancers, les ulcères et toutes les pathologies issues de la malignité du sang ! Ses détracteurs pointaient au contraire les carences de sa méthode appliquée avec Emmerez et voyaient dans les transfusions une opération barbare sortie de la boîte du diable. Ils s'interrogeaient pour savoir si, à force d'injecter du sang de veau dans les veines de patients, ces derniers n'allaient pas voir des sabots leur pousser et se mettre à beugler quand ils voudraient parler !

Les autorités religieuses prêchèrent sans relâche contre la transfusion : changer le sang d'un être humain, c'était altérer l'âme et la personnalité profonde d'un être que seul le Créateur pouvait façonner. Un grand débat s'ouvrit, qui devait largement dépasser ce siècle : « La médecine s'arrogerait-elle le droit de s'en prendre à la Nature et de modifier l'homme ? »

Les ennemis personnels de Jean-Baptiste profitèrent de la cabale : Pierre de la Martinière, membre des médecins ordinaires du roi comme lui, et qui ne pardonnerait jamais à Denis d'avoir ri aux comédies de Molière, le fustigea avec une rare violence :

— Il faut l'envoyer aux Caraïbes se faire dévorer par les cannibales !

En cela Jean-Baptiste ne voyait que des raisons supplémentaires de croire à sa découverte : la vérité est toujours agressée. Il se sentait plus que jamais heureux d'être né dans ce siècle et sous cet excellent roi. Il repensait à toutes ces fausses croyances qui avaient perduré dans les sciences pendant des millénaires. À toutes ces grossières erreurs d'interprétation... Il repensait à Aristote qui croyait que les battements du cœur servaient à répandre l'air des poumons dans le corps, à Platon qui voyait en l'homme un oiseau sans plumes, à Ptolémée qui décrivait le soleil tournant autour de la terre, aux théologiens qui, découvrant les arcs-en-ciel constitués d'eau et de rayons de lumière en conclurent qu'ils avaient servi au temps de la Bible pour évacuer vers les cieux l'eau accumulée au cours du Déluge... Il voyait, dans toutes ces errances, des *faux départs*.

Mais enfin Descartes vint ; lui et sa glande pinéale étaient la preuve que le temps de la rigueur scientifique avait sonné et que toute vérité ne serait plus désormais reconnue vraie que si *démontrée.*

Heureux temps ! Heureuse époque ! Siècle d'apogée !

De son côté, Henri-Louis de Montmor, ravi de voir son Académie de la rue du Temple supplanter celle voulue par le roi et Colbert, était sans cesse à la recherche de nouvelles expériences. Il entendit, une nuit d'insomnie, sous les fenêtres de sa chambre, les braillements insupportables d'un certain... Antoine Mauroy.

Un fou.

Âgé de trente-quatre ans, il était connu de tout le quartier du Marais. Alors valet de la marquise de Sévigné, il était tombé éperdument amoureux d'une jeune duchesse en visite chez sa maîtresse. Cet amour forcément non réciproque, ajouté aux railleries pour avoir osé aimer au-dessus de son rang, lui troublèrent l'esprit.

Au sens propre du terme : l'amour rendit Antoine Mauroy fou.

Sa démence se manifestait au cours de crises d'excitation aiguë pendant lesquelles on le retrouvait nu en ville, bravant les passants, vociférant des propos obscènes, menaçant d'incendier des maisons… La marquise de Sévigné le congédia, ce qui accentua son mal et ses périodes de folie durèrent bientôt huit mois d'affilée sans interruption.

Apprenant son cas de la bouche de Montmor, Jean-Baptiste repensa aussitôt à son illustre prédécesseur antique, le médecin Érasistrate, surnommé l'Infaillible, qui avait guéri un prince syrien atteint de la « maladie d'amour ». Le jeune héritier royal se laissait mourir d'inanition dans ses appartements depuis plusieurs mois, sans oser fournir à personne la raison de son mal. Les physiciens de la cour ne lui trouvèrent aucune affection particulière. Le grand anatomiste fut alors convoqué par le roi. Il s'assit au chevet du malade, posa ses doigts sur son pouls et exigea que toutes les femmes de la cour viennent défiler devant sa couche ! Plus d'une centaine de femmes se présentèrent aux yeux du prince sans que celui-ci ne réagisse, mais au moment où la modeste Phila apparut, Érasistrate sentit le pouls du prince s'emballer. Le médecin conseilla ensuite au roi d'offrir cette femme en mariage à son fils, il serait aussitôt guéri. En effet, l'héritier languissait depuis des mois de n'avoir jamais osé déclarer sa flamme à la belle Phila, trop inquiet de voir son cœur de prince refusé…

Érasistrate, grand guérisseur de la maladie d'amour ? Jean-Baptiste Denis acceptait de renouveler l'exploit avec le défi d'Henri-Louis de Montmor. Ce dernier lui conseillait de « refroidir le sang brûlant d'Antoine Mauroy avec du sang frais de jeune veau, pour atténuer son mal ».

Encore fallait-il recueillir le consentement de Mauroy !

Qu'à cela ne tienne, Montmor en fit son affaire : il ordonna l'enlèvement par ses hommes du malade, un petit matin d'errance sous ses fenêtres.

Antoine Mauroy disparut de la circulation.

La transfusion envisagée par Denis constituait cette fois un essai thérapeutique beaucoup plus important que celui du petit Gabriel Gui fiévreux. Il le ramenait surtout à son objet de prédilection : la folie…

Jean-Baptiste exigea de Montmor qu'il fît venir un confesseur rue du Temple. Si le fou ne survivait pas, il ne voulait pas avoir sa mort sur la conscience. Mais le père Leybold se récria devant l'ancien valet de Mme de Sévigné : il beuglait, crachait, hululait… trop incontrôlable pour mériter les derniers sacrements.

Denis et Emmerez commencèrent donc le lendemain leur opération au cours d'une séance de l'académie de Montmor, devant des personnalités des arts, des sciences et de la cour. La présence de ces témoins, exigée par Henri-Louis, était à haut risque : en cas de réussite, la gloire de Denis ferait plus rapidement le tour du monde, mais en cas d'échec, sa réputation s'en relèverait très difficilement et, de surcroît, tous risquaient la prison…

Antoine Mauroy était ficelé à une chaise, sous la surveillance de Benoît Boucan, le second transfusé, toujours prêt à monnayer ses services. C'est lui qui lia vigoureusement Mauroy au veau. Paul Emmerez incisa l'artère crurale de l'animal. Il préleva ensuite dix onces de sang du bras de Mauroy afin de soulager son système vasculaire. Enfin, la transfusion à proprement dite commença.

Mais rien ne se passa comme les fois précédentes…

Le sang se mit à gicler des extrémités du tuyau. Mauroy cria qu'une terrible chaleur lui attaquait le bras. Son corps se couvrit de sueurs. Il suffoqua, puis se mit à vomir. À peine cinq à six onces du sang animal purent lui être transfusées avant que Emmerez n'interrompe l'opération, inquiet des visages horrifiés des spectateurs autour de lui. Épuisé par ses cris et ses vomissements, le fou finit recroquevillé sur lui-même, en position fœtale, roulant avec sa chaise sur le parquet, baignant dans une mare de sang... Personne n'osait plus bouger ni parler.

Le lendemain, à la surprise de Jean-Baptiste, le patient se réveilla beaucoup plus calme que la veille et l'esprit nettement plus alerte. Il s'exprimait normalement, se plaignant de douleurs mineures dans les membres. Il s'effraya seulement d'uriner un verre entier d'un étrange liquide très noir...

Cette fois, ce fut à sa demande que l'on rappela le prêtre à son chevet. Le père Leybold ne reconnut pas Antoine Mauroy dans la personne calme et sensée qui lui fit entendre sa confession.

— Il n'est pas pensable qu'il s'agisse du même homme, s'exclama le religieux en se retirant.

Jean-Baptiste commençait de reprendre espoir.

La déconfiture de l'opération n'en était peut-être pas une...

Une autre personne fut encore le témoin privilégié de la transformation spectaculaire d'Antoine Mauroy.

Son épouse, Perrine.

Personne à l'hôtel de Montmor ne connaissait l'existence de cette femme !

Depuis deux jours, elle courait dans tout Paris à la recherche de son mari.

Elle ne fut informée de la réalité que par un grand médecin tenu au courant des expériences de Denis et de son chirurgien.

Elle vint alors tambouriner rue du Temple.

Quelle surprise fut la sienne en retrouvant son mari qu'elle croyait mort assassiné ! Il restait parfaitement tranquille, parlait sans brusquerie, lui fit même des compliments, lui racontant ce qui lui était arrivé récemment. Perrine Mauroy n'en revenait pas. Elle assura à Jean-Baptiste que son époux la battait toujours, ne lui parlait jamais que pour l'injurier, était le plus odieux des hommes et qu'elle ne l'avait pas vu aussi aimable depuis leurs noces !

De son côté, Jean-Baptiste s'étonna que Mauroy fût en ménage. Il apprit que la famille de l'ancien valet avait cru sage de le marier pour essayer de lui faire oublier son amour défendu et lui faire regagner un semblant d'équilibre. Ils avaient profité d'une de ses périodes d'accalmie mentale pour lui faire épouser en toute hâte une jeune fille innocente débarquée à Paris. Quand elle comprit qu'elle avait été jouée, il était trop tard, Dieu l'avait unie à un fou...

Henri-Louis de Montmor offrit aux époux de demeurer chez lui les deux prochaines semaines. Antoine et Perrine acceptèrent volontiers, ravis d'être traités avec les égards et la libéralité d'un gentilhomme. Denis et Emmerez en profitaient pour surveiller de près la santé de leur sujet.

Tout le monde s'accordait pour dire que les indices de sa guérison étaient désormais indéniables. Seul Denis restait prudent. Les urines noires de Mauroy l'interrogeaient. Ce n'était pas la première fois qu'il les surprenait chez des receveurs, y compris chez des animaux, mais jamais elles n'avaient été aussi visibles et aussi lentes à disparaître. Du reste, s'il ne s'en était jamais ouvert à personne, cette fois la nouvelle de cette réaction inexpliquée s'était répandue…

L'état de Mauroy se révélait toutefois très stable et n'inquiétait plus. Après deux semaines, le couple quitta la rue du Temple et retourna chez lui, remerciant abondamment Jean-Baptiste et Emmerez. Deux mois plus tard, sa guérison stupéfiait les habitués du Marais, mais aussi toute la capitale. On le visitait comme une attraction. Le succès de Jean-Baptiste Denis était éclatant et les « anticirculateurs » et les « antitransfuseurs » rageaient en silence de se voir si ouvertement démentis.

Jean-Baptiste avait-il réussi le pari de sa vie ?

S'il hésitait à l'admettre, c'était aussi qu'il hésitait à y croire lui-même.

Il accepta enfin de rédiger un compte-rendu du cas Antoine Mauroy au sein duquel, pensant très fortement à sa mère morte à Albi, les larmes aux yeux, il se vit écrire en toutes lettres que, « mêlant du sang pur à du sang impur, on pouvait induire, grâce à cette nouvelle thérapeutique, la rémission, voire la guérison complète de toutes les pathologies mentales ».

Était-ce possible ?

Le petit enfant de Montpellier avait guéri la folie…

Il regardait son manuscrit en croyant rêver.

Qui n'a pas connu cette joie de réaliser à l'âge adulte un véritable rêve d'enfance ne peut comprendre. Cette minute de prise de conscience rachète toutes les fatigues, toutes les incompréhensions, toutes les batailles, toutes les déceptions…

Souvent, on avait reproché à Jean-Baptiste de s'accrocher avec trop d'intransigeance à son projet de jeunesse.

Sa famille, mais aussi sa femme, lui en tenaient rigueur. On voulait « abandonner la course » à sa place. On l'invitait à choisir plus de facilité, plus de simplicité, à viser plus bas, à se montrer moins idéaliste… Et, parce qu'il refusait toujours, on l'accusait d'égoïsme et de n'écouter jamais personne.

Jean-Baptiste Denis avait pourtant tenu bon pendant près de quarante ans, puis, un matin, à mi-parcours, un mouvement de faiblesse un peu plus aigu que d'ordinaire, et il avait renoncé.

D'où la stupéfaction de sa femme !

Mais aujourd'hui le destin l'avait rattrapé.

Il ne voulait pas s'expliquer comment ni pourquoi. La réalité lui suffisait.

Il voyait simplement se tenir debout, près de son écritoire, le spectre du petit garçon de neuf ans qu'il avait été dans le Languedoc. Ce garçon le regardait en ce moment.

Il lui sourit.

*

Une nouvelle fois, Perrine Mauroy tambourina à la porte de l'hôtel de Montmor.

— Il est redevenu fou !

On alerta Jean-Baptiste.

— … c'est pire qu'avant !

D'après sa femme, Antoine Mauroy s'était réveillé ce matin de méchante humeur. Trois mois après son opération, et sans le moindre indice avant-coureur, il venait de retourner à sa folie ordinaire.

— Venez vite ! Venez le voir ! Il faut le transfuser à nouveau. Tout de suite !

Jean-Baptiste accompagna Perrine à son domicile, un garni perché dans une ruelle étroite. L'endroit était indigent, mais, à sa grande surprise, le médecin découvrit sur place tout un matériel de transfusion, ainsi qu'un veau attaché à la fenêtre !

Comment Perrine Mauroy, qui n'avait pas le sou, pouvait-elle disposer de tout cela ?

Son mari était ligoté à une chaise, le torse nu, l'esprit divaguant, en sueur, frappé d'une redoutable fièvre. Il ne s'aperçut même pas de la présence de Jean-Baptiste.

— Il faut le transfuser, sieur Denis, répéta Perrine. S'il vous plaît, j'ai tout préparé comme vous voyez. Il faut le faire maintenant !

Mais Jean-Baptiste sentait que quelque chose n'allait pas.

— Qui vous a aidée ?

— Qui ? Personne. Seul vous pouvez m'aider, sieur Denis ! Regardez !

Elle se dépoitrailla et lui montra les griffures et les bleus que lui avait infligés ce matin Mauroy.

Mais Jean-Baptiste avait l'impression de tomber dans un piège.

Tout sonnait faux.

— Je suis désolé, dit-il, mais cela ne va pas pouvoir se faire de la sorte.

— Mais...

Il ressentit l'envie irrépressible de s'échapper.

— Sieur Denis !

— Faites conduire Antoine rue du Temple. Là, je l'ausculterai avec mon chirurgien.

Perrine n'eut pas le temps de le retenir, le médecin s'était déjà enfui dans l'escalier de l'immeuble.

Le lendemain, il apprit, sans véritable surprise, qu'Antoine Mauroy était mort.

La nouvelle se colporta rapidement dans la capitale. Comme il l'avait fait après le décès du baron suédois, Jean-Baptiste exigea une autopsie, mais Perrine Mauroy avait déjà fait enterrer son mari... Il reposait en terre consacrée depuis le petit matin, aussi aucune autopsie ne pouvait-elle plus être pratiquée.

Des rumeurs affirmèrent que Denis s'était rendu la veille chez Mauroy parce que l'homme serait redevenu incontrôlable. Il aurait procédé à une nouvelle transfusion pour essayer de sauver les apparences de succès de son traitement, mais aurait tué le patient. À l'appui de cette version vint la propre épouse d'Antoine Mauroy.

Perrine porta plainte au Châtelet contre Jean-Baptiste Denis pour meurtre.

Le médecin se savait aux prises avec une cabale montée directement contre lui. Les « ennemis de l'expérience » essayaient de lui faire payer ses bons résultats.

Jean-Baptiste porta plainte à son tour pour dénonciation calomnieuse. Le maître de la police parisienne, Gabriel de la Reynie, se chargea en personne de l'enquête judiciaire du « transfusé », n'en référant plus qu'au Prévôt, Maître Séguier. Un procès retentissant allait bientôt se tenir et tous les fidèles de Jean-Baptiste l'avertissaient : ce serait davantage le procès de la transfusion que celui de la mort d'Antoine Mauroy...

Jean-Baptiste avait raison de supposer une cabale. C'était un autre médecin ordinaire du roi qui était à la manœuvre.

Il connaissait bien Pierre de la Martinière.

C'était lui qui avait alerté la première fois Perrine que son mari disparu était en réalité en soins à l'hôtel de

Montmor. Sous une identité d'emprunt, il lui avait affirmé que, si elle avait besoin de quoi que ce soit, elle pourrait toujours se retourner vers lui.

Il fit tout pour la séduire et réussit, après quelques beaux cadeaux, à entrer dans son lit. Lui, l'ennemi farouche de la transfusion, trouvait piquant de planter des cornes sur le front d'un homme guéri avec du sang de veau...

Perrine lui raconta sa vie, son mariage déloyal... Il trouvait dans ses ressentiments un magnifique espace de vengeance contre Jean-Baptiste Denis. Il offrit à Perrine les moyens de se débarrasser de son mari. Veuve, elle retrouverait sa liberté et il se chargerait de tous ses frais...

Elle accepta de perdre le médecin. Pierre de la Martinière lui fournit la trame et les ustensiles du piège. Il drogua Antoine à l'arsenic pour faire croire à une rechute. Il fallait simplement que Denis se laisse attirer jusqu'à la rue des Mauroy...

Tout avait fonctionné à merveille jusque-là.

Le procès au Châtelet fut en effet retentissant. Mais La Reynie avait, comme à son habitude, mené très consciencieusement son enquête : Perrine Mauroy fut confondue et condamnée pour le meurtre de son époux. Elle voulut dénoncer son maître et complice, mais seulement pour s'apercevoir... qu'elle ignorait sa véritable identité ! La Martinière ne fut jamais inquiété.

Jean-Baptiste sortit libre du Châtelet, mais le tribunal, sous la pression des religieux et d'un collectif de savants, décréta officiellement l'interdiction de conduire tout type de transfusion sanguine sur l'homme ou sur les animaux sans une autorisation préalable de l'Académie des sciences. Celle-ci étant opposée à la nouvelle pratique, c'était l'arrêt de mort de la transfusion. Jean-Baptiste contesta ce jugement devant le Parlement de Paris. Son ami Henri-Louis de

Montmor, juriste de formation, mit sa fortune à sa disposition et se lança avec lui dans la bataille pour défendre la transfusion. Ils se cherchèrent des appuis de renom, mais ne trouvèrent que dix scientifiques pour encore oser les appuyer en public.

Un an plus tard, l'arrêt du Parlement s'avéra plus sévère que celui du Châtelet. Pour des raisons morales et éthiques, et nulle part scientifiques, il interdit pour de bon et dans toutes les circonstances les opérations de transfusion sanguine en France.

Seul Louis XIV sembla vouloir tempérer la sévérité de ce jugement et fit publier peu après un décret établissant pour véridique et incontestable le système circulatoire et fermé de William Harvey…

C'était une maigre victoire pour Jean-Baptiste Denis.

Tout ce qu'il avait rêvé n'existait plus.

Il abandonna l'idée d'un recours.

Il défendit à quiconque d'aborder désormais le sujet de la transfusion sanguine en sa présence, sous aucun prétexte. Il renonça à la pratique de la médecine et se contenta de reprendre ses cours d'anatomie qu'il dispensait déjà, dans sa jeunesse, directement depuis chez lui, quai des Augustins. Après le procès, Henri-Louis de Montmor céda la gestion de son patrimoine à son fils, qui ruina la famille en quelques années. Son Académie avait été entièrement absorbée par celle du roi… Montmor n'osa jamais revoir son ami Jean-Baptiste.

Le temps passa. Des transfusés de 1667, seul le jeune Gabriel Gui venait encore prendre des nouvelles de Jean-Baptiste. Il le fit tout au long des trente années qui restaient à vivre au médecin. L'enfant fiévreux laissa place à un homme. Puis à un père de famille. Puis à un homme âgé. Jean-Baptiste et lui se revoyaient toujours avec la même joie, mais sans jamais aborder le « sujet » qui les liait…

Parfois, Jean-Baptiste s'échappait de Paris pour aller admirer le parc toujours grandissant du château de Versailles. Ce dernier était devenu gigantesque au fil des décennies. La grotte de Téthys avait même dû être détruite pour laisser place aux extensions de part et d'autre de l'ancien petit château dont Denis se rappelait les premiers aménagements de Le Vau. Il suivait aussi, avec stupéfaction, la construction de la machine de Marly qui allait pomper l'eau de la Seine pour alimenter tous les bassins et le Grand Canal du palais, alors même que ceux-ci se situaient à plus de cent mètres au-dessus du niveau du fleuve ! Lui qui aimait les petits jeux d'eau de son père n'en revenait pas des progrès de cet art…

Enfin, malgré qu'il en ait, chaque fois qu'il passait auprès de l'ancien emplacement de la grotte de Téthys, il sentait son cœur se serrer.

C'était là que tout avait commencé…

Aujourd'hui, la grotte n'existait plus. La jolie bergerie non plus. Ses amis avaient disparu. Le monde avait oublié l'aventure des transfusés de 1667.

Jean-Baptiste mourut en 1704.

Louis XIV était toujours roi de France.

*

Il faudra patienter près de cent cinquante ans après le décret d'interdiction du Parlement pour voir la communauté des savants se ressaisir des travaux de recherche sur la possibilité d'une transfusion sanguine.

Cette fois, de l'homme à l'homme.

Ce fut pour découvrir que toutes les tentatives françaises et anglaises du XVIIe siècle avaient été d'absolues calamités scientifiques. Ces pionniers ignoraient qu'il restait tout à découvrir de la structure du sang et mettaient gravement leurs patients en danger…

Mais ils avaient eu une belle intuition…

Comme l'aurait dit Jean-Baptiste Denis, leur histoire aura simplement été un *faux départ*…

Combien de faux départs encore pour arriver jusqu'à demain ?

*

La morale de ce petit conte ?

« N'idéalisons jamais. »

Il arrive aussi à Pablo Picasso, passant du bleu au rouge, de rater entièrement son tableau !

Les auteurs

Philippe Claudel

Philippe Claudel est né en 1962 en Lorraine. Universitaire, agrégé et docteur ès lettres, il a publié depuis 1999 de nombreux récits et romans, dont les plus connus, *Les Âmes grises, La Petite Fille de monsieur Linh* et *Le Rapport de Brodeck,* ont été couronnés par de nombreux prix français et internationaux. Son œuvre est traduite dans plus de quarante langues. Il est aussi dramaturge *(Parle-moi d'amour* (2007), *Le Paquet* (2010), *Compromis* (2019)). En tant que cinéaste, il a écrit et réalisé cinq films couronnés notamment par deux Césars, un Bafta, un Bayard d'or, un Hugo d'or : *Il y a longtemps que je t'aime (*2008), *Tous les soleils (*2011), *Avant l'hiver (*2013), *Une enfance (*2015). *Le Bruit des trousseaux,* adapté de son livre éponyme qui racontait son expérience de professeur en prison, sera diffusé fin 2021 sur France 2. Docteur *honoris causa* de l'Université de Leuven, il est membre de l'Académie Goncourt depuis 2012 et de l'Académie royale de Belgique depuis 2018.

Agnès Ledig

Agnès Ledig est née en Alsace. Après avoir exercé comme sage femme, elle se consacre depuis 2015 à l'écriture de ses romans. Elle est l'auteure de *Marie d'en haut* (2011, « Coup de cœur des lectrices » du prix Femme Actuelle), *Juste avant le bonheur* (Albin Michel, 2013, prix Maison de la Presse 2013), *Pars avec lui* (Albin Michel, 2014), *Dans le murmure des feuilles qui dansent* (Albin Michel, 2018) ou encore *Se le dire enfin* (Flammarion, 2020). En collaboration avec l'illustrateur Frédéric Pillot, elle a écrit plusieurs albums jeunesse, dont *Le cimetière des mots doux*, qui aborde le thème de la leucémie.

Valentin Musso

Né en 1977, Valentin Musso est agrégé de lettres classiques. Il est l'auteur de plusieurs romans, dont *Le Murmure de l'Ogre* (Seuil, 2012), *Une vraie famille* (Seuil, 2015), *La Femme à droite sur la photo* (Seuil, 2017), *Dernier été pour Lisa* (Seuil, 2018), *Un autre jour* (Seuil, 2019) et *Qu'à jamais j'oublie* (Seuil, 2021).

Romain Sardou

Issu d'une longue lignée d'artistes, Romain Sardou se passionne très jeune pour l'opéra, le théâtre et la littérature. Il est l'auteur de *Pardonnez nos offenses* (XO, 2002), *L'Éclat de Dieu* (XO, 2004) et *Délivrez-nous du mal* (XO, 2008), trois romans d'aventures. Exploitant d'autres rivages romanesques, Romain Sardou a également publié deux contes d'inspiration dickensienne, *Une seconde avant Noël* (XO, 2005) et *Sauver Noël* (XO, 2006), ainsi qu'un thriller contemporain, *Personne n'y échappera* (XO, 2006).

Établissement français du sang

EFS
ÉTABLISSEMENT FRANÇAIS DU SANG
Du donneur aux patients

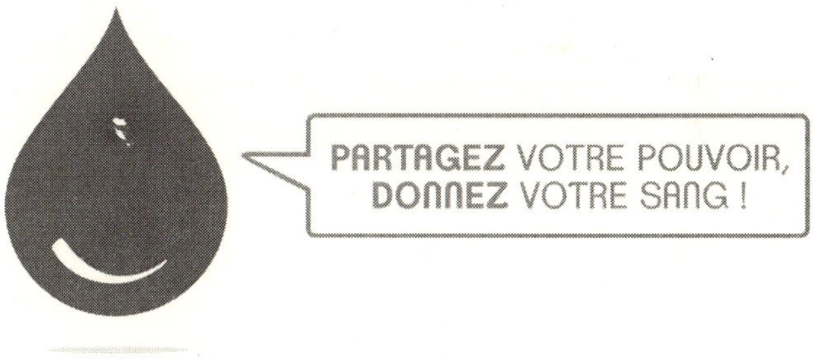

Le mot du Président

Les trois nouvelles offertes par ce recueil sont un hommage à l'histoire de la transfusion et du don de sang en France, depuis ses prémices au XVIIe siècle jusqu'à nos jours. Des ambitions médicales et scientifiques de Jean-Baptiste Denis en 1667 aux questionnements existentiels d'Arthur aujourd'hui, les personnages de ce livre sont animés par la même envie de défendre la vie et de soigner les malades, quelle que soit l'époque dans laquelle ils vivent.

Cette caractéristique est immuable, intemporelle et anime chaque jour des milliers de donneurs et de bénévoles et ce, depuis de très longues années. Le don de sang rassemble et fédère ceux et celles qui, par un geste simple, altruiste, désintéressé, œuvrent pour venir en aide aux autres, et particulièrement aux malades nécessitant des transfusions pour vivre.

Chaque jour, l'Établissement français du sang a besoin de 10 000 donneurs de sang pour répondre aux besoins de tous les malades. Qu'elles soient atteintes d'un cancer, d'une maladie génétique et/ou chronique, qu'elles soient victimes d'une hémorragie dans les suites d'un accouchement, d'une intervention chirurgicale ou encore d'un accident, un million de personnes en France sont soignées chaque année grâce au don de sang. Ces malades continuent à vivre grâce à la générosité des femmes et des hommes venus offrir un peu de ce qu'ils ont de plus précieux.

Le don de sang est un geste fort, symbole de la solidarité entre les êtres humains. Merci à tous les donneurs, votre engagement est précieux et irremplaçable. Sans vous, nous ne pourrions pas prendre en charge tous les patients, vous êtes le point de départ et le premier maillon essentiel de l'ensemble de la chaîne transfusionnelle. Une chaine de partage au service de la vie.

Rien ne peut remplacer votre générosité. Merci.

François Toujas
Président de l'Établissement français du sang

Paroles de receveurs

« Lors de mon accouchement, j'ai fait une hémorragie de la délivrance dite cataclysmique à la césarienne pour mon premier enfant. J'ai dû être transfusée immédiatement. Le don de sang, pour moi, représente la vie, et même une deuxième naissance, c'est comme cela que je le présente chaque année lors de l'anniversaire de ma fille ! » *Laïla*

« Sans transfusion de plaquettes, mon fils Florian, atteint du syndrome de Wiskott-Aldrich, risquait à court terme de mourir d'une hémorragie spontanée. C'est pour cela qu'en seulement un an et demi, il a été transfusé une vingtaine de fois. Il n'avait alors que 3 ans ! Aujourd'hui, Florian va bien, il est en vie et fabrique tout seul ses plaquettes grâce à une greffe de moelle osseuse. Sans les dons de sang, il n'aurait pas pu attendre la greffe et ne serait plus là aujourd'hui. Les donneurs ont sauvé la vie de mon fils ! » *Emmanuel*

« Je souffre d'insuffisance cardiaque. Or, un jour, j'ai fait une hémorragie de l'endomètre. Une fois admise aux urgences, mon taux d'hémoglobine a rapidement chuté jusqu'à un seuil critique. J'ai alors été transfusée, pour ma propre survie... Je ne remercierai jamais assez celles et ceux qui donnent leur sang, c'est grâce à eux que je suis encore en vie aujourd'hui. Merci et encore merci ! » *Véronique*

Donner son sang

Pour donner, il faut être âgé de 18 à 70 ans, être en bonne santé, peser au moins 50 kg et ne pas être à jeun.

Le don de sang est un acte généreux et solidaire. Néanmoins, il doit respecter certaines règles qui garantissent la sécurité du donneur comme celle du receveur. Dans ce cadre, un médecin ou un infirmier de l'EFS évalue et apprécie avec le donneur les contre-indications potentielles au cours d'un entretien confidentiel. Si certaines mesures sont définitives, il faut savoir que 80 % des ajournements au don sont temporaires : le candidat au don peut donc se présenter à nouveau après avoir respecté le délai d'ajournement.

Il faut compter quarante-cinq minutes pour donner son sang, dont seulement une dizaine de minutes pour le prélèvement.

Les hommes peuvent donner jusqu'à six fois par an et les femmes jusqu'à quatre fois. Entre deux dons de sang, il faut respecter un délai de huit semaines minimum. Les dons de sang doivent être réguliers et constants, car la durée de vie des produits sanguins est limitée : sept jours seulement pour les plaquettes, quarante-deux jours pour les globules rouges et un an pour le plasma.

Pour trouver une collecte près de chez vous ou avoir plus d'informations sur les contre-indications, rendez-vous sur : *dondesang.efs.sante.fr*

Un grand merci à ceux qui nous donnent...

Merci aux donneurs, qui par leur acte de générosité renouvelé nous permettent chaque jour de sauver de nombreuses vies.

Merci aux bénévoles qui se mobilisent pour rendre possible la collecte de sang, partout en France.

Merci aux associations de donneurs présentes partout sur le territoire, qui forment un lien précieux entre les donneurs et l'Établissement français du sang.

Merci aux professionnels de l'EFS, qui accueillent les donneurs avec le sourire, tout au long de l'année.

Merci aux auteurs de ce recueil pour leur engagement en faveur du don de sang.

Achevé d'imprimer en Italie
par Grafica Veneta en avril 2021
Dépôt légal mai 2021
EAN 9782290234778
OTP L21ELLN001040N001
—
Composition : PCA
—
ÉDITIONS J'AI LU
87, quai Panhard-et-Levassor,
75013 Paris
Diffusion France et étranger : Flammarion

Librio

1302